El cuaderno
de las pesadillas

LOS ESPECIALES DE
A la orilla del viento
FONDO DE CULTURA ECONÓMICA
MÉXICO

El cuaderno de las pesadillas

de las

Ricardo Chávez Castañeda

Ilustraciones de
Israel Barrón

FONDO
DE CULTURA
ECONÓMICA

Primera edición, 2012

Chávez Castañeda, Ricardo
    El cuaderno de las pesadillas / Ricardo Chávez
Castañeda ; ilus. Israel Barrón. – México : FCE, 2012
    77 p. ; 23 x 17 cm – (Colec. Los Especiales de
A la Orilla del Viento)
    ISBN 978-607-16-0863-5

    1. Literatura infantil I. Barrón, Israel, il. II. Ser.
III. t.

LC PZ7   Dewey 808.068 Cha339c

Distribución mundial

© 2012, Ricardo Chávez Castañeda, texto
© 2012, Israel Barrón, ilustraciones

D. R. © 2012, Fondo de Cultura Económica
Carretera Picacho Ajusco 227, Bosques del Pedregal
C. P. 14738, México, D. F.
www.fondodeculturaeconomica.com
Empresa certificada ISO 9001:2008

Colección dirigida por Eliana Pasarán
Edición: Mariana Mendía
Diseño: Miguel Venegas Geffroy

Comentarios:
librosparaninos@fondodeculturaeconomica.com
Tel.: (55)5449-1871. Fax: (55)5449-1873

ISBN 978-607-16-0863-5

Impreso en México • *Printed in Mexico*

EL MAGO ■ Fueron al circo y no volvieron.

El hermano mayor y la hermana menor habían rogado por días a sus tíos, habían reunido monedas durante semanas, se habían portado bien. Cuando llegaron al circo tenían las caras más felices del público, como un sol y una luna, si el sol y la luna sonrieran. Se sentaron en las gradas más cercanas y desde allí presenciaron los distintos espectáculos en la pista: el de los caballos, el del domador, el de la mujer equilibrista y el de los hermanos del trapecio, antes de que tocara el turno del mago.

Para entonces les dolían las manos de tanto aplaudir y las bocas de tanto sostener la sonrisa. El presentador usó el altavoz para decir que había llegado la hora de la presentación estelar:

—Damas y caballeros, un mago proveniente de las lejanas tierras del fin del mundo… Es un privilegio tenerlo hoy aquí. Prometo que nunca lo olvidarán.

La verdad es que el mago no hizo nada realmente inolvidable con su pequeña maleta de magia, pero a los hermanos les daba igual. Celebraron cada acto de cartas y de palomas y de pañuelos.

Y entonces llegó el acto de las espadas.

Lo excepcional no fueron las doce espadas ni el cajón enorme llevado al centro de la pista ni tampoco la mujer casi desnuda que se metió allí dentro para mostrar al público la inexistencia de trampillas o de dobles fondos.

Lo excepcional fue el círculo blanco que proyectó el reflector desde la pista hacia las gradas. Una pelota de luz se movió como un péndulo sobre la gente, trazando arcos cada vez más abreviados, hasta que la luz se detuvo entera sobre ellos y los iluminó igual que un relámpago.

—¡Tú! —se escuchó entonces, pero el niño estaba tan deslumbrado que tardó en descubrir que, en un instante, se había quedado solo junto a un asiento vacío porque esa niña pequeñita de vestido rojo que caminaba en la pista era su hermana.

Todo sucedió rápidamente. Su hermanita entró al cajón agitando una de sus manos como despedida, el mago cerró la puerta, clavó las doce espadas a través del techo y las paredes de madera, y después los tambores de la banda de música crearon suspenso con sus escandalosos redobles.

Cuando el mago quitó el candado de la puerta, apareció del otro lado —ilesa, sonriente, bañada en litros de luz blanca como la leche— la mujer casi desnuda.

El público aplaudió aburrido desde las gradas. El mago agradeció con una inclinación, salió del círculo que alumbraba el centro de la pista y se perdió en la oscuridad.

El niño sí supo que algo increíble había sucedido. Fue el único que lo comprendió. La hermana que volvió a la pista no

era la suya. Esa niña de vestido rojo ni siquiera se sentó en la silla que estaba a su lado. Había encontrado un lugar vacío cerca del escenario y allí permaneció lo que quedaba de la función. Hubo payasos, monos, el hombre bala, pero ella no volvió a aplaudir.

El niño esperó hasta que el maestro de ceremonias agradeció al público su presencia, hasta que los músicos dejaron de tocar, hasta que toda la gente terminó por irse y hasta que los payasos del espectáculo —todavía vestidos con sus grandes zapatos, sus grandes pantalones, sus grandes manos y sus grandes bocas pintadas— comenzaron a recoger la basura de las gradas, hasta que se apagaron los reflectores y la noche se metió bajo la carpa.

Esperó toda esa primera madrugada inmerso en un silencio desgarrado por los rugidos de los leones y por las palabras que de pronto resonaron dentro de su cabeza y que lo sobresaltaron más que el rugido de las fieras.

"No te muevas, hijo, nunca te muevas si te pierdes."

Él no se movió cuando miraba a los niños que, función tras función, entraban en la caja del mago y nunca regresaban. Los que salían de allí vestían igual, tenían las mismas estaturas, pero jamás volvieron a aplaudir.

Así que durante los siete días que el circo permaneció allí, él no se movió nunca, a pesar de que los payasos recogían más y más rápidamente la basura de las gradas y de la pista porque sus manos cada día eran más grandes.

Al octavo día los cirqueros bajaron la carpa, la doblaron y se llevaron a los animales. Los payasos se fueron agitando las manos por entre los barrotes de las jaulas.

Fue entonces cuando empezó a venir la niña de vestido rojo al terreno yermo y desolado de las afueras del pueblo donde ya no había circo alguno, para decirle al hermano mayor que sus papás se enojarían, que por favor la acompañara de vuelta a casa.

—Ven —le decía.

Y él, inmóvil, llenándose de polvo, sólo miraba los brazos extendidos de la niña, donde no había manos.

LA FERIA ■ —¿Y qué es tu papá?

El niño ha escuchado a los otros niños enorgullecerse, casi siempre falsamente, de sus papás psicólogos, papás médicos, papás profesores, papás químicos, papás abogados; presumir sinceramente a uno por su padre mago; y a dos hermanos, de verdad dichosos, confesarse como hijos de un bombero.

Ha llegado su turno.

—¿Qué es? —repite la niña.

Por alguna razón que ni él mismo entiende es incapaz de revelar lo que sería la victoria rotunda de su papá en este duelo de envidias y presunciones.

"Es un parque de atracciones", le bastaría confesar para dejarlos boquiabiertos.

Al principio fue maravilloso.

Cada sábado su mamá lo llevaba en automóvil y lo dejaba en la puerta.

—Regreso por la tarde.

Lo que hacía él entonces era montar en su papá todo el día: en los coches eléctricos, en la musical rueda de la fortuna, en el barco pirata, en el martillo, en las luminosas sillas voladoras, en el ratón loco, en la montaña rusa y en el tren multicolor de la casa del terror.

Cuando volvía a casa con su madre cada tarde de cada sábado, le contaba feliz lo bien que se la habían pasado juntos y preguntaba por qué no podía ver a su papá también los lunes, los martes, los miércoles.

Con el transcurrir de los meses, sin embargo, las cosas empezaron a cambiar. Saber que montaría a su padre durante todo un sábado ya no le causaba el mismo placer al niño. Además la rueda de la fortuna estaba perdiendo sus luces de colores, el carrusel dejó de sonar, el barco pirata rechinaba. En pocas palabras, su papá se estaba llenando de polvo y de basura y de descuido.

Lo peor de todo era la casa del terror.

Llevaba ya un par de semanas queriendo decirle a su papá que mejor no se vieran el siguiente sábado, pero callaba porque sabía que lo pondría triste y no quería lastimarlo más.

La razón de su miedo es que la casa del terror se estaba llenando de monstruos verdaderos.

Incluso el niño se había descubierto deseando que ojalá un sábado se encontrara cerrado el parque de atracciones que era su papá.

Más aún, ayer jueves soñó que se descarrilaban los carros de la montaña rusa donde iba sentado. Todo con tal de no tener que subirse al ferrocarril de la casa del terror.

Los que estaban allí adentro eran unos monstruos que nada tenían de esqueletos, de brujas o de vampiros.

Eran niños. Niños como él, niños como la niña que volvió a preguntarle.

—¿Y qué es tu papá…? ¡Ya dinos!

Él no podía decirles que el sábado anterior su papá había notado que él ya no disfrutaba los juegos como antes.

—¿Te sientes bien, hijo?

—Sí —mintió él.

—¿Te aburres?

—No —volvió a mentir.

Y entonces su padre dijo lo que no quiere decirle a la niña ni a todos los otros niños que están rodeándolo ahora mismo.

—Invita a tus amigos. Anda, tráelos… Verás que se la pasan bien.

Mañana es sábado y si no logra mantener la boca apretada tendrá que decirles que empezarán con el mudo carrusel y luego seguirán con los abollados coches eléctricos y con la rueda de la fortuna ya sin luces y con el rechinante barco pirata y con el martillo y con las polvorientas sillas voladoras y con el ratón loco y con las dos penumbrosas montañas rusas que también son su papá.

Si no logra mantenerse callado ahora que todos los otros niños secundan a la niña que grita —¡No tiene papá!… ¡No tiene papá!—, mañana tendrán que subirse al tren que ya perdió la brillantez de su color rojo y luego entrar en la casa del terror donde los esperan esos niños que ni siquiera hablan. Niños que se parecen a sus compañeros de la escuela anterior y que tienen los brazos y las manos extendidas como ramas, igual que si fueran un bosque de niños murmurándole que por favor, por favor, se quede también en su padre para vivir con ellos.

DIENTES ■ Ella abrió los ojos y supo que había cambiado. No le importó que los espejos le mostraran la imagen de siempre: su pelo largo, sus ojos grandes, sus labios que de tan rojos parecían pintados.

Ella lo sabía.

Al principio, en la cocina, no hubo problema. Solía ser silenciosa por la mañana. En el desayuno, cuando su papá se descuidó, ella le dio su plato de cereal al perro.

Los problemas empezaron al mediodía, después del recreo, cuando la llevaron a la oficina principal del colegio y la mismísima directora habló por teléfono a su casa y le dijo a su mamá que no había querido comer el almuerzo y que llevaba toda la mañana sin decir palabra.

—¿Qué te pasa? —le preguntaron su maestra, la directora, su mejor amiga y, ahora, su mamá. Ella no abrió la boca.

Por la tarde, pensó que quizá si lo escribía o lo dibujaba… y tomó un lápiz.

En la hoja apareció el dibujo de una niña parecida a cualquier otra niña de casi siete años, pero entonces le trazó las rayas allí donde la figura tenía la boca.

Rompió muchas hojas con dibujos semejantes hasta que al fin descubrió que necesitaba hacerlo al revés: primero dibujó una hilera de dientes y luego dibujó otra hilera y otra y otra más, y alrededor de todos esos dientes puntiagudos trazó una boca, y la boca quedó en medio de la cara de una niña, y la niña tenía casi siete años.

Esa noche, su mamá recogió los trozos y trozos de papel que cubrían la alfombra de la sala. Ahí también se hallaba el último dibujo, y la mamá únicamente vio en los rotos pedazos de papel algo que parecían cientos de diminutos conos de helado puestos hacia abajo.

—¿Estás contenta de que mañana es tu cumpleaños? —le dijo su mamá al acostarla—. Mañana van a venir todos tus amigos y te van dar muchos regalos y vamos a jugar todos tus juegos preferidos.

La niña sonrió sin abrir la boca.

Era ya muy noche cuando la despertó el hambre.

La niña de siete años se levantó de la cama sin hacer ruido, salió de su cuarto, bajó las escaleras, entró en la cocina.

Al día siguiente no había cocina, ni escaleras, ni casa.

Sus amigas llegaron con sus vestidos más lindos y con grandes cajas de regalos. Ella, tristemente, las estaba esperando.

MANOS ■ Parecía un amanecer cualquiera hasta que la niña vio la almohada en el suelo, junto a la cama, y extendió su mano para recogerla.

Luego abrió desmesuradamente la boca. La almohada se había derretido como una vela cuando le puso los dedos encima.

Para no gritar, estuvo a punto de taparse la boca, pero reaccionó de inmediato y detuvo la mano a unos centímetros de sus labios. Con ojos desorbitados la miró como si nunca antes la hubiera visto; pero su mano parecía la misma de siempre, con sus costras y cicatrices en el dorso.

Entonces se escuchó una tos en algún sitio de la casa y su grito se esfumó del puro espanto.

Pasó muchos minutos con los ojos puestos en la puerta de su habitación, aunque ya no se oyeron más toses.

Miró alrededor buscando algo que no fuera a extrañar; eligió el reloj de números fosforescentes sobre el taburete a un costado de la cama; le puso el dedo encima. El reloj se diluyó como si estuviera hecho de agua metálica; su dedo siguió de largo y tocó el paño que cubría el taburete y luego tocó el taburete. En ese orden desaparecieron —reloj, paño, taburete— en una lluvia de astillas líquidas.

Pegó un brinco del susto y, con los brazos extendidos hacia el frente, salió de la cama con mucho cuidado. Si le hacía algo a la cama, no se lo perdonarían.

De todos modos ya no le perdonarían ni lo del reloj ni lo del mueble ni lo de la almohada.

De pronto nada le parecía a salvo de sus manos. Ni la silla, ni su ropero lleno de vestidos, ni sus muñecos de peluche. Como si en lugar de manos tuviera serpientes, extendió los brazos lo más lejos de sí. Y entonces vio la puerta.

La puerta siempre estaba cerrada.

Al pasar ante el espejo, se vio a sí misma. En otro instante, lo que vio la habría hecho reír: parecía una momia con los brazos rígidos frente a ella.

No se detuvo. Tocó la puerta y la puerta desapareció casi sin ruido.

Por un instante, pensó que la habían escuchado y que mandarían al hombre de la silla de ruedas.

Entre su puerta y la última puerta de la casa había cuatro puertas, todas eternamente cerradas, así que caminó más rápido.

Apoyó la palma de su mano izquierda en la puerta vitral que tanto le gustaba mirar a través de la cerradura, y esa segunda puerta formada por muchísimos cristales de colores se vino abajo como una cascada.

Un perro gigantesco que nunca había visto levantó la cabeza cuando ella avanzó. Se detuvo, pero el perro no. Como un

relámpago, el perro blanco de dientes negros y ojos rojísimos se le lanzó encima. Por un momento la niña no supo lo que pasó.

Cerró los ojos y cuando los abrió ya no había ningún perro, pero una de sus manos estaba llena de baba. Los ladridos se habían cortado como si alguien les hubiera dado un hachazo.

Supo que ese súbito silencio la había puesto al descubierto.

Corrió hacia la tercera puerta pensando "no se te olviden las manos", "no se te olviden las manos", para no hacer lo que siempre hacía y por lo que siempre acababan dejándola días sin comer. "¡Otra vez pusiste las manos en la pared! ¡Cuántas veces te he dicho que se ensucian!"

Sólo le restaba pasar a través de la tercera puerta, que resultó ser una puerta de metal, para alcanzar la puerta que daba a la calle.

Todo sucedió al mismo tiempo. Escuchó los rechinidos de la silla de ruedas, desapareció la tercera puerta y descubrió que no existía una cuarta puerta. Sólo paredes a los lados y enfrente, gruesas paredes completamente blancas.

"No se te olviden las manos", se escuchó repetir mentalmente, con los brazos caídos a los costados, inmóvil como una estatua.

Y supo que el hombre de la silla de ruedas venía velozmente por detrás.

Gritó.

Fue un grito como cuando alguien se arroja desde un precipicio, un grito como despedida, que también se cortó de golpe.

DE VIDRIO ■ A la mayoría de las niñas y niños les sucede igual: la piel de su cuerpo engruesa con los años para que el mundo no los dañe fácilmente. Capas y capas de piel van protegiéndoles los codos, las rodillas, las plantas de los pies, las palmas de las manos.

Un niño piel de elefante podría ser feliz porque ninguna espina, ningún aguijón, ningún clavo, ninguna uña, ningún aliento frío, ningún puñetazo, lo lastimaría.

O bien una niña piel de piedra.

O bien muchos hermanos piel de diamante.

Felices, felices para siempre.

Tal es el anhelo de los padres. Regalar a los hijos una piel así.

Lo malo es que no basta con desearlo. Si bastara, no habría niños de vidrio.

El niño de vidrio vive en la casa de la esquina. Él no sabe desde cuándo es de vidrio. No sabía que era de vidrio hasta que una parte de su pierna se fisuró igual que el parabrisas de un auto.

Una línea sobre la pantorrilla que se ramificó como una telaraña inconclusa. Cuando la tocó, su propia pierna de vidrio le produjo un corte en la yema de los dedos.

"Bueno", pensó, e hizo lo que su papá hacía con el parabrisas.

Su papá tuvo que esperar hasta que le enyesaron el brazo, hasta que su mamá condujo de vuelta a casa, hasta que estacionaron el auto.

—Ayúdame —le dijo entonces, y él, siguiendo las indicaciones, cortó varias tiras de cinta adhesiva, tomó cada tira por uno de los extremos pues su papá sólo podía usar la mano que le quedaba libre, y así, entre los dos fueron colocando las cintas transparentes y engomadas sobre las fisuras del parabrisas que su papá causó con el puñetazo.

Ya antes había visto pelear a sus padres, pero nunca así. Nunca con un desenlace de huesos rotos. Su papá soltó el volante y estrelló la mano contra la parte del vidrio que su mamá tenía delante. Fue como si no hubiera encontrado otro modo de poner fin a esa gritería sin principio.

El niño lo imitó entonces, adhiriendo la cinta transparente a la delgadísima grieta de su pierna, y luego se durmió.

Entonces comenzó a cuidarse. Se bañaba con precaución, se vestía sin apresurarse, optó por no usar ropa ceñida ni zapatos demasiado justos. Pero lo difícil empezaba al cruzar la puerta de su casa. Tenía que evitar todas las cosas duras del mundo: los árboles, las paredes, los postes, pero sobre todo las personas; ponerse lejos de sus codos, de sus rodillas, de la dureza de su mal humor, porque si alguien lo empujaba, él se vendría abajo en pedazos.

"Soy de vidrio", tuvo la tentación de confesar varias veces pero sabía que eso no cambiaría nada: el suelo seguiría siendo duro y duras continuarían siendo las esquinas de los muebles y los bordes de los edificios y las peleas entre sus padres.

La responsabilidad de cuidarse era suya. Pero, a pesar de todo su cuidado, las fisuras fueron extendiéndosele en ambas piernas.

—Es lo malo… una vez que empieza… —había dicho su padre, cuando tuvieron que poner nuevas tiras de cinta adhesiva sobre las quebraduras como hilos de telaraña que surgieron durante la noche en el parabrisas.

Por la tarde, el niño de vidrio hizo lo mismo a lo largo de sus espinillas, en los muslos, y en la primera grieta que llegó hasta su cintura.

—Bueno —murmuró cuando terminó de colocar las cintas; pero horas después no le fue fácil conciliar el sueño. Soñó que estaba parado en medio de un lago congelado y de pronto la superficie crujía y millones de grietas como serpientes se alargaban por el suelo blanco de su pesadilla.

Despertó a gritos, pero los gritos de sus padres eran más fuertes y no lo escucharon.

Él quiso taparse las orejas pero vio entonces su pecho. Era como si alguien le hubiera dibujado un mapa que se extendía desde el ombligo hasta las clavículas. Las líneas eran más delgadas que un hilo, finas como pelo de ángel —se le ocurrió pensar—, como si un ángel se hubiera caído en él y se hubiera ahogado y lo que veía ahora era la angelical cabellera flotando en la superficie de su cuerpo.

Cerró los ojos, los talló con fuerza, pero, cuando los abrió de nuevo, las fisuras continuaban allí.

El niño de vidrio se vistió, bajó las escaleras y salió por la puerta principal.

Afuera, bajo el poste del alumbrado que proyectaba una luz sucia y parpadeante, vio el automóvil de su padre. Eran tantas líneas las que resquebrajaban el parabrisas que ya ni siquiera se veían los asientos del interior. Sólo una esquina pequeña del vidrio estaba intacta aún. Él se levantó la pernera del pantalón, despegó con precaución un trozo de cinta y la colocó allí, en el último resquicio del vidrio que aún no se rompía en el automóvil.

Luego el niño de vidrio comenzó a caminar lentamente hacia la oscuridad.

LA SANGRE ■ Empezó a sangrar cuando aún no amanecía.

Aunque estaba demasiado oscuro para comprobar que el líquido caliente era sangre, se puso boca arriba, como su mamá le enseñó para no ensuciar las sábanas, y echó la cabeza hacia atrás, como su papá le enseñó, para que a la sangre le costara trabajo subir y salir.

Lo raro es que no estaba dormida. Llevaba una hora mirando la oscuridad donde debería de estar el techo.

Así, sin dejar de mirar la negrura, sacó su brazo de las cobijas, lo extendió hasta el taburete y buscó a ciegas la caja de pañuelos desechables.

Al poner en su nariz el primer pañuelo pensó que quizá lo había hecho bien y no había manchado la almohada con su sangre.

Todo eso sucedió a las cuatro de la madrugada, hace tres días.

O sea que han transcurrido casi setenta horas y la hemorragia no para.

Su padre probó con paños húmedos sobre la frente.

35

Su madre probó con bolsas de hielo bajo la nuca.

Luego vinieron muchos vecinos con sugerencias que tampoco sirvieron: la sangre continuó manando por ambos orificios de su nariz.

Cada médico vino para mover acongojado la cabeza ante el fracaso de todos sus tratamientos.

—No sé lo que sucede —dijo el primero.

—No entiendo la razón de una hemorragia así de repentina —murmuró el segundo.

—¡Me rindo! —explotó la tercera, que era doctora, y quien recomendó la transfusión de sangre—. La niña está muy pálida —dijo al extraer del maletín la aguja y la cánula larga y flexible como lombriz.

—¿Pero es necesario? —preguntó alguien que no era el papá ni la mamá.

La médica extendió la mano y con un movimiento que barrió el aire les mostró el suelo de la pieza.

A nadie se le había ocurrido recoger los pañuelos desechables manchados de sangre que se amontonaban de pared a pared cubriendo zapatos y zapatillas, como un mar rojo rodeado de playas rojas cubiertas de banderas rojas anunciando el peligro.

"¿Pues cuánta sangre tenemos dentro del cuerpo?", se preguntaban los familiares que acababan de llegar.

La mamá se clavó la aguja en la vena del brazo y permaneció sentada en la silla a un costado de la cama, mientras el papá descansaba un poco. Cuando la madre ya no pudo más, el padre vino para relevarla, sentándose en la misma silla y clavándose la misma aguja para que ahora fuera su sangre la que entrara en el cuerpo de su hija.

Ella seguió acostada con los ojos desorbitadamente abiertos fijos en el techo.

Tan ocupados estaban los médicos y los familiares y los vecinos en detener la hemorragia que a nadie se le ocurrió preguntarle a la niña por qué sentía miedo.

Una semana atrás su maestro les había contado de los cocodrilos. Les dijo que a pesar de su color verde, de su cuerpo espinoso y de sus desmesuradas fauces, a veces los cocodrilos sólo tienen un recurso para enfrentar a sus depredadores.

—Recurren a la defensa más extraña —habló lentamente el maestro y, con una voz muy baja para dar suspenso a lo que estaba por decir, dijo—: lloran sangre.

Ella lo intentó las primeras dos noches; pero no lo logró. Así que, como su miedo perduraba, empezó a buscar otro camino.

"Llorar por la nariz no sirve de nada", acaso piensa ahora, sin poder dormir, con la piel cada vez más pálida, incluso pálidas sus pestañas, incluso pálidas sus pupilas, con las que mira el techo hacia donde nadie ha sabido levantar los ojos para mirar lo que está mirándola a ella desde hace días.

LAS TIJERAS ■ El pelo de quien duerme es como el desierto. Cada día todos los desiertos del mundo se extienden unos centímetros.

—Es muy poco —dice la gente que no sabe imaginar—, un palmo —y abren su mano y se miran la palma vacía.

Hay que imaginar un palmo pero lleno de hierba, oloroso, sembrado de flores silvestres y, allí adentro de la palma de su mano, una infinidad de insectos moviéndose en la fértil oscuridad del suelo húmedo. Bastaría meter un dedo en ese pequeño pedazo de tierra para sentir debajo el lento ondular de las lombrices y el suave caparazón de las cochinillas. Entonces deja de ser insignificante que el desierto se coma un palmo de tierra así cada día. De un día a otro, lo que era hierba, insectos, flores silvestres, vida, se ha convertido en pedriscos secos y muertos en la superficie; y debajo, como las capas de un pastel, en arena fría. Capas y capas de nada aunque se hunda el dedo, la mano, el brazo entero, aunque uno se entierre por completo para buscar vida allá abajo.

Así sucede con su pelo, solamente que más rápido, muchísimo más rápido. Ella duerme siempre y siempre está acostada en su cama y su cama está en la misma habitación; ella en un extremo y yo en el otro. Su pelo es rojo, y los ríos de su pelo rojo se extienden sobre la blancura del colchón y caen de la cama como cascadas, desbordándose sobre la alfombra gris, topando contra los muros azules y agolpándose allí como la espuma del mar en las playas.

Yo tengo las tijeras en mi mano derecha.

No recuerdo desde cuándo las tengo.

Son áureas, tibias; deben ser duras para chasquear así como chasquean cada vez que las cierro, pero los ojos de las tijeras, que es donde yo tengo mis dedos, se sienten blandos como guantes.

Lo que hago es cortarle el pelo como si le pusiera barreras al desierto. A eso me dedico desde la mañana hasta la noche. Cierro las hojas afiladas de las tijeras sobre los mechones rojos y brillantes que una vez cortados desaparecen al instante y así recupero otra vez la mesa, las sillas, los retratos de las paredes. Tengo que acordarme dónde está cada mueble de la casa y cada adorno para no perder el tiempo tijereteando donde no hay nada qué rescatar.

Yo sé que la durmiente no lo hace a propósito, como el desierto tampoco crece adrede.

Ella está allí en la cama, recostada, creo un poco triste, aunque nunca la he visto porque lo primero que cubrió el pelo fue su rostro y yo llegué después.

A veces pienso qué sucedería si yo extraviara las tijeras o qué pasaría si un día las tijeras perdieran su filo.

La verdad, no lo pienso mucho.

En ocasiones, por cansancio o por puro juego o por ambos motivos, lo que sí hago es no hacer nada. Durante unos momen-

tos me siento en el piso y dejo que el pelo crezca sin freno. Lo veo moverse en la cama, ondular como si estuviera vivo al caer del colchón, deslizarse por la alfombra igual que millones de serpiente rojas. La verdad es que el pelo no serpentea ni se desliza ni ondula. Sólo que nunca cesa de brotar de su cabeza.

Yo digo que si la gente sin imaginación viera lo que yo veo podría entender que lo del desierto, avanzando un palmo cada noche, no es insignificante. Por el contrario, inevitablemente los desiertos van a adueñarse del mundo alguna vez.

Como la durmiente. Su pelo, de palmo en palmo avanza sobre mis pies desnudos, trepa por mis piernas cruzadas, acostándose en el hueco de mis muslos como un cachorro rojo, hinchándose allí como si fuera un pastel, como si cientos de hojas otoñales cayeran sobre mí.

Cuando el pelo ha subido hasta mi pecho, con un chasquido de las tijeras lo comienzo a cortar y los mechones caídos empiezan a desaparecer.

Es lo bueno de las tijeras. Creo que deberíamos de inventar unas tijeras para defendernos del desierto. Cortar y cortar, antes de que la arena nos cubra, como yo corto y corto el pelo rojo para que la durmiente, como el desierto, no haga lo que no quiere hacer.

Así que yo corto desde el otro lado de la habitación, cada vez más rápido, recuperando la silla, la alfombra, la mesa del espejo, las cobijas de la cama, sus brazos desnudos y blancos, su largo cuello, pero cuando estoy a punto de llegar a su cara me detengo, siempre me detengo allí porque no sé si quiero conocerla. A veces pienso en un pastel, capas y capas de nada aunque yo corte y corte como si metiera el dedo, la mano, el brazo entero; aunque yo me enterrara por completo en su cara dormida.

EL BUEN CIELO ■ Cuando el cielo empezó a llevarse a los padres, los hijos se asustaron. Mamás y papás iban hacia arriba como globos, empequeñeciéndose en las azuladas alturas hasta desaparecer.

Nunca volvían.

Los niños empezaron a meter objetos pesados en los bolsillos de sus padres y en los abrigos de sus madres, pero aquello sólo sirvió para hacer más lenta la subida.

—¡Ayúdenme! ¡Ayúdenme! —bajaban los gritos, mientras mamás y papás eran arrastrados hacia arriba. Los hijos se quedaban en la tierra con los brazos en alto; con las manos abiertas igual que arañas. La última imagen que permanecía grabada en sus llorosos ojos eran siempre las sucias suelas de zapatos y zapatillas sumergiéndose entre las nubes.

Un niño todavía con padres inventó lo de las anclas: ayudarlos como si fueran barcos para detenerlos en la tierra. Las anclas eran pesas de metal, cadenas y un bello collar.

Se las pusieron mientras dormían.

Las pesas de metal crujieron y las cadenas se tensaron sin romperse, pero no mantuvieron a los padres en el suelo.

Lentamente, mamás y papás empezaron a ser jalados por el cielo a pesar de sus collares; pero al menos se consiguió que ya no atravesaran las nubes.

Padres y madres se quedaron entonces a la vista de sus hijos, con sus cabellos ondulando cual medusas en el aire.

Vistos a lo lejos, con sus piernas entreabiertas apuntando al cielo y sus brazos extendidos apuntando al suelo, los papás y las mamás flotan de cabeza como espantapájaros meciéndose por encima de las casas.

Así que en días soleados y de viento, los niños sin padres suben por las tensas cadenas que se extienden hacia el buen cielo para darles un beso y decirles que los quieren, aunque ellos ya nunca contesten.

EL SUELO ■ Era un rumor increíble aquel que se susurraba de oído en oído: que algo le había pasado al suelo y que ahora el suelo se abría.

El niño tuvo miedo cuando escuchó los rumores por vez primera y de allí en adelante siempre llevaba la cabeza baja, mirando sus pies.

Es muy cansado tenerle miedo al suelo. Rechina el cerebro por tanto querer adivinar si el piso permanecerá duro como siempre. Duele todavía más imaginar una caída, sin que nada sólido te detenga.

Estaba aterrado, aunque sabía que no podía ser verdad.

"Los suelos que se abren solos no existen", pensaba mientras iba detrás de sus primos y detrás de sus tías por un sendero del parque. Ellos acababan de andar por allí sacando nubes de polvo. La verdad es que sus pasos no sonaban como zapatazos sino como fuertes golpes en una puerta. Tal vez por eso la puerta se abrió.

Al principio no sintió que se hundía sino que sus pies y sus piernas se habían hecho suaves, pero cuando bajó la vista se descubrió hundido hasta las rodillas en el pasto, junto a una hilera de hormigas.

Por el susto tardó en gritar.

Fue sintiendo que el suelo subía enroscándose alrededor de sus muslos como decenas de gatos y encajándose entre sus piernas como un caballo hecho de suave tierra que le iba poniendo una pierna muy lejos de la otra.

Cuando el suelo llegó a su estómago, sintió un suave puñetazo. Después la tierra se le adhirió a la espalda y se abrazó a su pecho como si fuera ella la que tuviera frío y la que tuviera miedo.

De pronto estaba hundido hasta la garganta y desde allí alcanzó a divisar a otros niños que, como él, también tenían únicamente la cabeza afuera del pasto.

Se dio cuenta entonces de que nunca nadie lo había abrazado así, tan fuerte, tan cariñosamente fuerte que incluso le costaba trabajo respirar. Es difícil de creer, pero se sintió querido como nunca antes.

Entonces sus primos y sus tías empezaron a buscarlo.

—¿Dónde estás?

—¡Tenemos que irnos!

—¡Más vale que no estés jugando!

Tal vez ellos no habían escuchado el rumor porque ni sus primos ni sus tías miraron hacia abajo al pasar a su lado.

Cuando el último mechón de su pelo desapareció bajo el pasto, él pensó que quizá por eso los muertos nunca vuelven de ahí abajo.

LAS HUELLAS ■ La rutina era siempre la misma: una caja con arena blanca en la entrada de la casa. La ponía todas las mañanas, y todas las mañanas antes de irse a la escuela desanudaba las agujetas de su zapato y se descalzaba para poner la planta de su pie desnudo sobre la arena.

Así se despedía de su hermano: con la huella del pie grabada en la arena blanca.

Hace meses que empezó con lo de las huellas.

—Te traje un regalo —había murmurado hace meses, más pequeño y más inocente, para empezar el ritual, y dejó una hoja doblada en cuatro en la sepultura de su hermano.

En la hoja blanca estaba dibujada a lápiz la planta del pie de un niño.

A la mañana siguiente, hizo a un lado la almohada, se metió bajo la cama, se asomó bajo la cómoda, levantó el tapete, pero por más que buscó, no encontró otra hoja doblada a cambio de su hoja doblada.

Hoy, al regresar a la casa de la escuela, como cada día, lo primero que hizo fue descalzarse y sacarse el calcetín y comprobar si la huella del arenero seguía siendo la suya.

Tiene la esperanza de que un día su talón y sus dedos no embonen, y que parezca como cuando uno se pone un traje demasiado grande. Su hermano lo hizo una vez. Cogió el saco de su papá, la corbata, una camisa blanca y cuando salió del baño parecía un papá chiquito. Las mangas y los faldones de la camisa y el saco entero se le chorreaban como la cera a las velas. Goterones de tela escurriéndole de las manos y de los hombros y del pecho.

Desde que empezó a dibujar sus propias huellas con un lápiz que le hacía cosquillas, se acostumbró a dejarle recados allí adentro, igual que lo hacen los personajes de las historietas. Una burbuja blanca con palabras adentro: "Te quiero", "Te quiero mucho", "Todavía te quiero", "Todavía me acuerdo de ti"; y fue así como descubrió que sus pies se hacían de poquito en poquito más grandes, pues cada vez podía escribir alguna letra más en el interior de su pie.

Piensa que a su hermano le tiene que estar sucediendo lo mismo.

Un día el papá estaba duchándose y, cuando salió del baño con una toalla enrollada en la cintura, sintió que algo pegajoso se le adhería a la planta del pie. Dio un brinco sobresaltado.

—¡Qué diablos…! —gritó.

Y cuando vio el charco de tinta china derramado en el suelo y la planta de su pie teñida de negro, se enfureció y comenzó a regañar a su hijo.

—No era para ti —fue lo único que pudo balbucear.

En las paredes y en el techo de la recámara que compartía con su hermano —y donde ahora él duerme solo—, no hay fotografías de futbolistas ni de automóviles ni de guerreros del espacio. Cada resquicio, cada esquina, cada superficie libre de su recámara está llena de fotografías de sus pies.

Parece una extraña fiesta.

—Hay muchas más cosas en el mundo —le dice su mamá siempre que entra en su cuarto a pesar de que ella fue quien le regaló la cámara.

"Pero a mi hermano no le sirven todas esas cosas", piensa él; mas no se lo dice a su mamá porque siempre que habla de su hermano, ella se pone a llorar.

Todo empezó con un viaje a la playa. Allá su mamá prefirió permanecer junto a la piscina del hotel mientras su papá, su hermano y él caminaban por la playa.

Fue cuando su papá les habló de los rastreadores.

—Es gente que encuentra cualquier cosa que se haya perdido… ¿Y saben cómo lo hacen? —les dijo—: aprenden a usar los ojos para ver lo que los demás no ven.

Entonces su papá plantó el pie en la arena blanca de la playa y después les señaló la huella resultante.

—Mírenla… memorícenla… por si nos perdemos aquí.

Él y su hermano pusieron las huellas de sus pies al lado de la gigantesca huella de su papá y después se rieron mucho de la huella papá y de las huellas hijitas.

—Tú también memoriza las nuestras —recuerda que dijo su hermano.

Por eso hoy ha abierto los ojos durante la noche y ya no ha podido dormir.

Cuando su papá los dejó solos en la playa, decidieron jugar a enterrarse en la arena.

Primero su hermano lo enterró a él y luego él enterró a su hermano.

—Cúbreme entero —le dijo la cabeza de su hermano que sobresalía apenas en la arena.

Él no se movió.

—No te preocupes… me entierras y luego me desentierras.

Entonces lo cubrió por entero y luego fue a la orilla del mar para limpiarse las manos que estaban llenas de arena.

Lo que él no había entendido hasta hoy es por qué su hermanito no salió solo.

Cuando él volvió de la orilla del mar, toda la playa parecía igual, con sus dunas de arena, sus sargazos, sus conchas rotas.

—¡Él fue el que se perdió!

Llevaba meses dejándole sus huellas porque creía que su hermano era quien debía buscarlo.

Pensó y pensó sentado en la cama hasta que por fin supo lo que tenía que hacer. Se vistió a oscuras, bajó y salió al jardín, allí cogió la pala de su papá y comenzó a excavar.

—Si está perdido debajo de la tierra, necesita una salida —fue lo que pensó.

Al día siguiente su papá gritó desde la habitación matrimonial que ya se levantara, su mamá gritó desde la cocina que ya bajara a desayunar, y luego los dos dejaron de gritar cuando descubrieron la cama vacía y, cuando en la entrada de la casa descubrieron la caja de arena con un pie grabado y cuando fueron siguiendo con la vista las huellas blancas de dos pies que atravesaban el jardín y desaparecían bajo un montículo de tierra que ayer no estaba allí.

EL POZO ■ El niño siente la mano de su mamá rodeando la suya. Siente esa mano de uñas rojas sujetándolo con tanta fuerza que lo lastima; pero él no se queja. Piensa que hay muchos tipos de héroes y que los más comunes son los héroes invencibles y poderosos que siempre ganan, que siempre viven, y que por eso no necesitan un cementerio.

Él está adentro del pozo y adentro del pozo hace frío. Extiende hacia un costado la mano que tiene libre para tocar la pared interior del pozo y luego baja la mirada hacia esa oscuridad húmeda y resbalosa que cuelga bajo sus pies.

El cementerio de los héroes muertos se halla muy cerca de su casa. El cementerio es una especie de jardín con bancas de mármol y árboles. Allí las tumbas no son tumbas. Son una pared blanca con celdillas como de panal donde meten los cadáveres. En la pared están cincelados los nombres de personas y las fechas en que intentaron ser héroes. Eran mujeres y hombres comunes y corrientes hasta su día de heroicidad, le explicó su mamá, y luego agregó que quizá por eso no tuvieron tiempo para aprender a ganar y a sobrevivir como los héroes comunes y corrientes.

El niño está en el pozo pero no en el fondo sino cerca del brocal colgando de la mano de su mamá. Cuando él mira hacia abajo sólo ve la oscuridad del pozo bajo sus piernas quietas, así que prefiere volver los ojos hacia arriba. Aunque arriba se extiende el cielo, lo primero que mira sobre él no es el cielo sino la mano con uñas rojas de su mamá y su pelo flotante, y su cara luminosa como una verdadera heroína.

Bajo cada nombre y cada fecha del "Cementerio de quienes murieron tratando de salvar a alguien" hay una semilla de historia. Él y su mamá las leyeron muchas veces: "Quiso sacar a dos hermanos que se ahogaban en el río", "Quiso rescatar a su esposo del incendio", "Quiso ayudar a una niña que sufrió una descarga eléctrica".

Con éstas y otras semillas, regresaban a casa cada tarde y antes de dormir, cada quien en su recámara hacía florecer a fuerza de imaginación las historias maravillosas y terribles de esos heroísmos fracasados.

Aunque parezca que su mamá flota en la boca del pozo, la verdad es que no flota. Hay un tubo que cruza el brocal de lado a lado y de allí se sujeta la otra mano de uñas rojas de su mamá. Toda ella también pende sobre el vacío, con una mano en el tubo y las piernas sostenidas en el brocal como una heroína que está aprendiendo a volar. Se ve que ella es nueva en esto de salvar a alguien porque todavía suda o todavía llora; el niño no lo sabe, pues sólo siente las gotas cayendo sobre su cara.

En el cementerio de los héroes, mamá e hijo recorrían con la vista la pared de los muertos hasta que la pared se quedaba sin

nombres, sin fechas y sin más semillas de historia. Recuadros todavía blancos como si el muro supiera que muchas personas ordinarias estaban por descubrir su heroicidad.

Las gotas son ya una lluvia en el rostro del hijo aunque él no alcanza a ver ninguna nube en el redondel azul de cielo que flota sobre su mamá. Entonces las piernas de su mamá pierden el apoyo del brocal y también resbalan hacia el interior del pozo.

El hijo lleva la mano que le queda libre hacia esa mano de uñas rojas que ya no es la parte de su mamá más cercana a sus ojos. La mano tiembla y se blanquea por la presión, mientras él la acaricia.

—Un lugar en el cementerio de los héroes… —dice él acercando la mejilla a una de las piernas colgantes de su mamá—. ¿Podemos soltarnos ya?

DOMINGOS ■ Se había acostumbrado a estar con su padre sólo los sábados, así que no solía pensar en él durante la semana. Eso sí, el sábado se ponía ante la ventana desde muy temprano para mirar el sendero que desembocaba en su casa, porque ese día venía su padre a verlo.

Lo descubría desde que era un manchón en el horizonte, lo veía cobrar forma mientras se acercaba, lo veía detenerse ya bien definido ante la ventana cuando extendía su mano grande en el cristal para saludarlo.

Las manos de su papá siempre llegaban frías a los sábados. Él le tomaba primero una y luego la otra con ambas manos, las abrazaba como si sus manos fueran una cama y sus palmas fueran un par de cobijas suaves. Si alguien los mirara desde lejos, no entendería por qué el niño soltaba a su papá, corría alrededor de él y lo tomaba del otro lado, yendo de una mano a la otra. Lo malo es que mientras le entibiaba una mano a su papá, la otra se le enfriaba de nuevo.

—Ay, papá —decía el niño y sonreía. Y el papá sonreía también.

En su día, no hacían nada especial. Ir al parque, al mercado, a la biblioteca, daba lo mismo. Lo que disfrutaban eran los trayectos, vagabundeando por la ciudad, sentándose donde les pegara la gana. El niño prefería los espacios abiertos para que el olor se diluyera un poco con las corrientes de aire. Se lo había dicho a su papá casi desde su primer encuentro. El padre le dijo que hay cosas que no se pueden cambiar. Así que el hijo casi se había habituado a su olor.

Lo que más le gustaba era sentarse en las piernas de su papá como cuando era pequeño. Incluso se llevaba el pulgar a la boca y se quedaba quieto. Cuando se movía era para sacudir algunas briznas de pasto del pantalón de su padre o para quitarle el polvo a las hombreras de su saco.

Desde los primeros encuentros el hijo tenía preguntas que se le quedaban en la punta de la lengua.

¿Cómo juegas?

¿Cómo duermes?

¿Cómo comes?

"Como todos", podría responderle su padre.

O podría responderle: "Como siempre".

Nunca le hacía las preguntas, así que sólo cuando llegaba el atardecer del sábado, sentía inquietud. Aunque los lunes, los martes, los miércoles, los jueves y los viernes, él no pensaba en el sábado; cada atardecer de sábado, sí pensaba en el lunes, en el martes, en el miércoles, en el jueves y en el viernes que faltaban para verlo de nuevo. Pensaba en todos esos días que no veía a su padre ni pensaría en él; días en los que su padre tendría que sentirse muy solo.

—¿Cómo respiras? —se atrevió a preguntarle en una ocasión.

El padre se encogió de hombros. Aspiró y expiró primero muy lento. Luego lo hizo con mayor rapidez recogiendo y echando aire por la nariz de un modo cada vez más ruidoso, como si fuera un ferrocarril y el ferrocarril marchara a gran velocidad. Así, el padre levantó al hijo por las axilas y lo sentó sobre sus hombros, y fue como si el niño montara la parte más alta de la locomotora.

Los dos rieron.

Cuando terminaba el sábado, llegaba el domingo, y el domingo le correspondía a él visitar a su padre.

Iba de la mano de su mamá, siempre del mismo costado de ella, porque las manos de su madre no se enfriaban.

—¿Cómo respiras? —repetía la pregunta y pegaba la oreja a la lápida de la tumba para ver si lograba escuchar el sonido de la locomotora.

ROBACHICOS ■ La niña le tiene miedo a lo que se mueve y a lo que no se mueve porque sabe que existen los robachicos pero no sabe qué o quiénes son.

Está tan asustada que deja abierta la ventana de su cuarto porque ya no soporta no saber a quién debe tenerle miedo. Deja abierta la ventana, quita los seguros de las puertas y espera.

Una noche escucha un ruido, un ruido de verdad y no los sonidos de sus pesadillas.

Las noches anteriores gritó; luego se abrió la puerta de su cuarto y le dijeron con ternura "ya está bien, ya está bien".

Ahora escucha el ruido afuera de sus pesadillas y entonces descubre a un niño un poco mayor que ella agazapado en el rincón.

—¿Tú también quieres saber? —pregunta ella.

El niño se lleva el dedo a la boca para decirle que calle.

Tiene los ojos muy abiertos, tiembla, el pelo se le ha parado un poco.

—¡Están aquí! —murmura él urgentemente.

—¿Quiénes? —susurra ella.

El niño traga saliva, señala hacia la puerta, balbucea.

—Ellos…

Luego se levanta y extiende su mano hacia ella.

—Ven, vámonos antes de que vuelvan.

Ella lo mira entornando los ojos. No se mueve.

—¿Tú eres el robachicos? —pregunta de verdad asombrada y subiendo demasiado el volumen de su voz.

Él parpadea, palidece.

—Allí vienen… —susurra; pero los dientes le castañetean tanto que ya no puede seguir.

Al instante se oyen los pasos que se acercan desde el otro lado de la puerta.

—¿Hija, estás bien?

El niño corre hacia la ventana.

La niña se vuelve para mirar la puerta, ve el filo de luz que se va metiendo lentamente por debajo y observa el pomo cuando éste comienza a girar.

—Ya está bien, hijita.

—Somos nosotros.

—Desde cuándo te robaron —murmura el niño antes de saltar hacia el exterior.

Cuando la luz y las voces entran en la recámara, la niña todavía está montada en el marco de la ventana sin saber si saltar hacia adentro o hacia afuera.

REGRESEN ■ Casi siempre vivían en paz. Los hijos y los padres en su ciudad, y los búfalos en su campo. En algunas ocasiones, sin embargo, los búfalos enloquecían. Entonces desde la ciudad se escuchaba el terrible ruido de la estampida.

Los búfalos corrían. Sólo eso. Pero eran miles y eran grandes. A su paso la tierra reventaba y se abría como si fuera de agua.

Cuando los búfalos terminaban de pasar, no quedaban árboles ni sobrevivía nada que estuviera vivo.

Normalmente la estampida se iba hacia el desierto, pero una vez vino hacia el pueblo. Aquella ocasión los papás y las mamás tuvieron suerte. Estaban arreglando los tejados de las casas, recomponiendo los pararrayos y limpiando los palomares.

Los que no tuvieron suerte fueron los hijos. Jugaban en las calles cuando la estampida llegó y se fue. Donde antes sonaban las risas, sólo quedó el silencio.

Las mamás y los papás bajaron precipitadamente de las alturas donde trabajaban y usaron las manos para cavar. Así fueron

encontrando bajo el suelo a cada uno de sus hijos, sucios de tierra y de tristeza.

Los padres lloraron y fue tal su pena que las lágrimas limpiaron a los hijos y los hijos despertaron.

—Prometan que nunca más nos abandonarán —dijeron los niños todavía con miedo.

—Lo prometemos —dijeron las mamás y los papás.

Y la paz volvió al pueblo.

La segunda vez que los búfalos vinieron al pueblo, los padres estaban con sus hijos en las calles. Unos y otros oyeron el terrible ruido de la estampida y, cuando levantaron la cara, vieron la montaña de polvo que se desplazaba hacia ellos como un tornado.

Corrieron.

Corrieron hacia los sótanos de las casas pero las piernas de las mamás y las piernas de los papás eran más grandes que las piernas de los hijos, y cada una de las zancadas de los adultos fue dejando atrás a los niños.

Quienes lograron llegar entonces a los sótanos y encerrarse allí dentro, esperaron hasta que las copas de vidrio dejaron de chocar entre sí y hasta que los focos pararon de oscilar en los techos. Sólo entonces los papás y las mamás descubrieron que nuevamente estaban solos.

Esta segunda vez, tuvieron que cavar más profundamente y meterse en los túneles que abrieron en el suelo antes de que sus manos ennegrecidas por el lodo encontraran los cuerpos enterrados de sus hijos.

Lloraron sobre ellos toda la noche y parte de la mañana antes de que los niños despertaran otra vez.

Esta vez, los hijos tardaron muchos días en perdonarlos.

—Prometan que no volverán a abandonarnos —balbucearon al fin, y los padres, alborozados, respondieron:

—Lo prometemos, lo prometemos.

Transcurrieron entonces muchos años.

Parecía que los búfalos se habían olvidado de correr y que la paz duraría para siempre.

Una noche, sin embargo, cuando hijos, mamás y papás estaban en sus camas, oyeron el ruido. Era como si todas las tormentas del mundo se hubieran unido en una sola tormenta. De inmediato los padres supieron que el pueblo no lo soportaría y que ninguna casa quedaría en pie tras el paso de la estampida.

Los padres buscaron a sus hijos en la oscuridad. Extendieron sus manos grandes para coger las manos pequeñas de los niños. Gritaron con su entera fuerza y con su entero miedo.

Cuando salió el sol a la mañana siguiente, las mamás y los papás se hallaban en la parte más alta de una colina. Desde allí arriba, y gracias a la luz del amanecer, miraron hacia donde había estado su pueblo. El pueblo, los búfalos y los niños habían desaparecido.

Los padres descendieron corriendo y comenzaron a cavar.

—¡Regresen! —gritaban y lloraban y se iban enlodando, mientras abrían túneles cada vez más profundos en el suelo.

Dos, tres, cuatro días después todavía seguían excavando.

—¡Lo prometemos! —repetían allá abajo y las lágrimas caían al polvo y se convertían en perlas de lodo y las perlas de lodo rodaban hasta el centro de la tierra como un triste eco.

LA HUIDA ■ Al principio fue difícil notar que las cosas estaban yéndose de la casa. Los primeros objetos que se fueron siempre estaban en cajones y en estuches, apilados en la parte alta del ropero, y así es difícil advertir que de pronto ya no están: unos binoculares, unos guantes, una pipa, unos bolígrafos que nunca se estrenaron. El niño notó la huida de las cosas cuando desapareció una vieja radio de la habitación de sus padres.

—¿Y la radio, mamá? —preguntó él mirando la superficie del taburete ocupado por un florero.

Y ella dijo:

—No sé, no sé.

Luego fueron varios libros; notó los espacios vacíos en los entrepaños del librero a pesar de que los huecos estaban medianamente disimulados con revistas. Trató de recordar los títulos de los libros que faltaban, pero eran libros que él no leía. Los suyos seguían intactos en la estantería de más abajo.

73

Entonces recordó no un título sino una portada: un hombre llevando en hombros a un niño.

—Es San Cristóbal —le había dicho su padre—, y el niño es Jesucristo.

—¿Y por qué se lo lleva? ¿Y adónde? ¿San Cristóbal es el papá de Jesús? —le preguntó aquella vez.

—Lo ayuda a cruzar el río —dijo su papá—. Cuando un niño necesita ayuda, todos los hombres deberían convertirse en su padre.

La huida de las cosas iba avanzando por la planta alta de la casa hasta que llegó un momento en que empezó a bajar por la escalera. En la bajada, desaparecieron unas pinturas, un tapete que ocupaba el descanso y, cuando llegó abajo, desaparecieron un paraguas grande y algunos abrigos que estaban en el perchero.

La fuga de las cosas tomó vuelo en la planta baja pero no hacia la entrada de la casa, donde habría cruzado el jardín, y a lo mejor hubiera seguido de largo despareciendo cosas en el mundo.

Cuando el niño abrió la puerta de su habitación, que era la puerta del fondo en la planta baja, empezó a notar que las paredes mostraban rectángulos de papel tapiz casi nuevo donde antes habían estado colgados muchos retratos. No todas las fotografías, enmarcadas y protegidas con limpios vidrios, se marcharon, pero sí muchas, demasiadas.

—¡Mamá! —gritó.

—¡Papá! —gritó.

Luego ya no dijo nada porque conocía la respuesta, "no sé, no sé".

Pero entonces, sorprendentemente, descubrió que sus papás sí sabían.

Sucedió cuando, en la recámara de sus padres, intentó empujar la silla para acercarla al tocador, pero no pudo. Lo intentó dos, tres veces, hasta notar que la silla estaba clavada en el suelo. Después descubrió la toalla cosida alrededor del tubo del baño y los tapetes engrapados en la duela, y la otra radio, la del despertador musical, fija en la mesa de noche con plastas de pegamento que sus padres no se cuidaron de cubrir.

Por eso supo que sus papás no sólo ya se habían enterado de la fuga de las cosas, sino que además estaban tomando medidas con el pegamento y el hilo y las grapas y los clavos y las cadenas que de pronto aparecieron enroscadas y sujetando por las patas a los muebles que todavía no huían.

Fue cuando se asustó.

La fuga de los objetos ya iba a llegar al final del pasillo donde se hallaba su cuarto.

—Hasta mañana —repitió el niño tres veces a su mamá y a su papá esa noche y les dio tres besos.

Caminando desde el comedor y a lo largo del pasillo, fue haciendo un recuento involuntario de todo lo faltante. Una lámpara de pie, el reloj de pared, tres de las esculturas de metal y, en el perchero debajo de la escalera, faltaba el sombrero con el cual él y su padre solían jugar a los disfraces. Quizá por eso comenzó a susurrar, arrastrando la mirada por la pared desolada donde antes había muchas, muchísimas fotografías, "aquí estaba la foto donde estábamos jugando en los columpios", "aquí cuando íbamos a entrar al cine", "aquí mientras me llevaba en hombros como San Cristóbal".

—¡San Cristóbal! —susurró alarmado y corrió con su papá—. ¿También San Cristóbal les ayuda a las cosas a pasar el río…?

¿Y San Cristóbal pregunta si quieren irse con él…? ¿Y qué es el río…? ¿Y qué hay del otro lado del río…?

—Deja trabajar a tu papá —murmuró entonces su madre—. ¿No ves cuánto le falta?

El papá tenía la mesa llena de papeles y miraba a su hijo con un gesto perplejo.

—Buenas noches —murmuró el niño, y luego gritó—: ¡Hasta mañana! —lo dijo una y otra vez hasta cerrar la puerta de su recámara.

—Hasta mañana —se dijo entonces a sí mismo y se subió las cobijas con el fin de cubrirse la cabeza porque esa noche iba a saber si a él le tocaba desaparecer como la pipa, la vieja radio, el sombrero, o bien iba a sucederle igual que a la otra radio y a las sillas, no sabía si clavado o encadenado o pegado o cosido al suelo por siempre de los siempres para que nunca pudieran marcharse de la casa con San Cristóbal.

Índice

El cuaderno de las pesadillas, de Ricardo Chávez Castañeda,
se terminó de imprimir en febrero de 2012
en Impresora y Encuadernadora Progreso, S. A. de C. V. (IEPSA),
calzada San Lorenzo 244, Paraje San Juan,
C. P. 09830, México, D. F.

El tiraje fue de 5 000 ejemplares.

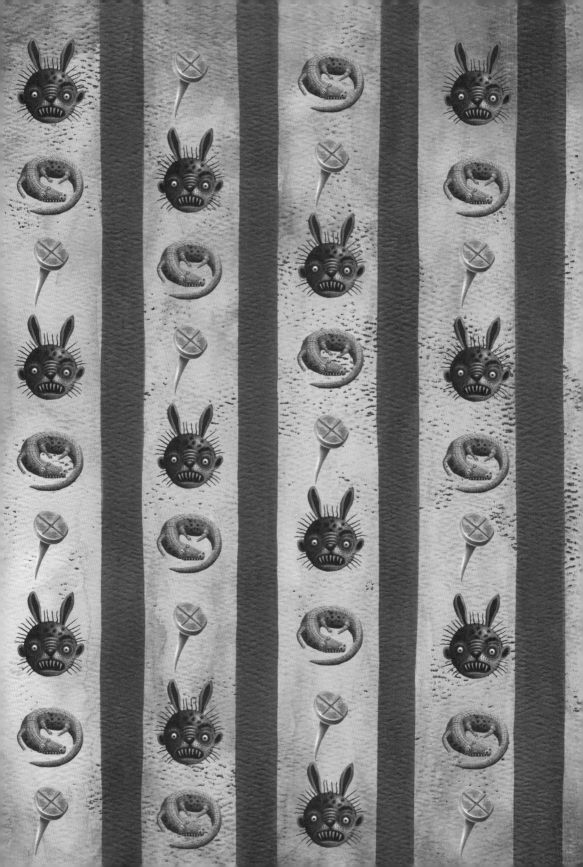